Moda personal

Jennifer Degenhardt

Cover and Interior Art:
Denise Miranda

For Jayde. Thank you for being you – so much
so that you inspired this story.

ÍNDICE

Agradecimientos   i

Nota de la autora   iii

Capítulo 1 – Un día horrible   1

Capítulo 2 – La chaqueta   9

Capítulo 3 – Los comentarios   17

Capítulo 4 – La imagen en el espejo   23

Capítulo 5 – Un video   31

Capítulo 6 – El vestido   37

Capítulo 7 – El incidente   45

Capítulo 8 – Una solución   53

Capítulo 9 – La confianza   59

Capítulo 10 – ¿La fama?   65

Glosario   69

About the Author   79

About the Illustrator   83

AGRADECIMIENTOS

Many thanks to Marley Gifford who, at a family event a couple of years ago, agreed to create some paper dolls for me when I came up with an idea (probably on the spot) to write a story about clothes. A recent college grad (at the time) and no stranger to fashion (still), Marley went to work to draw up some paper doll templates that would hopefully be useful for teachers when teaching the book. These images (found in the teacher guide) inspired me to start the story. Thank you, Marley!

The person who continued to inspire the story, is Jayde Lopez, a student whom I have been blessed to have in my classes for four semesters. Jayde, a beautiful member of the LGBTQIA+ community and an absolute fashion maven, has always been open to sharing with me her thoughts and viewpoints on gender, gender-neutral vocabulary, and other insights. I am indebted to Jayde for her graciousness and being a wonderful educator, but for allowing me to use her name to honor her in this story. *¡Gracias, Jayde!*

And to Sydney Gordon, entrepreneur extraordinaire and owner of Vintage Folk, the vintage clothing store mentioned in the story, I owe another huge thank-you. After I sent an email via the store's website, Sydney and I were able to connect via videocall. She was lovely and gracious as she shared with me so much information about thrifting and the vintage clothing industry. While much of the material did not make it in the story (to maintain comprehensibility), I am grateful for the human connection, and the opportunity to include an actual Newport establishment in the story. If you are interested in vintage clothing and style and want to connect with the store, please visit **www.folkvintage.co**. And, if you're ever in Newport, Rhode Island, stop by the store. It's super cute!

Thank you, too, to Theresa Marrama and others for reading the story and making pertinent suggestions for improvement. I'm grateful for all the help.

NOTA DE LA AUTORA

I distinctly remember the day that I figured out the difference between "lay" and "lie" in English. Bounding with joy, I relayed my findings to my strict, English-teacher/grammarian father. He simply said, "I've been telling you this for years."

Language is always evolving, as it is now with the inherent gendering in certain languages. In this story I aim to include some of this evolution. The focus for me, as it is always, is on the story itself and the conversations that can arise from the themes found within, thus creating even more connections between and among humans.

So, when other humans use the one verb over the other to describe someone or something in a prostrate position to rest or sleep... is it "wrong"? Maybe, technically. But more importantly, is the person able to convey his/her/their message. THAT is the true purpose of language.

Capítulo 1
Un día horrible

Es mayo.

Estoy en una nueva escuela.

Es mi primer día.

No es el momento ideal para ser le nueve[1] alumne en una escuela.

La otra escuela tenía[2] uniforme. Esta escuela no lo tiene.

Pero todos los alumnos tienen uniforme más o menos: las mismas camisas, los mismos pantalones y, claro, los mismos zapatos de tenis. Y todos los alumnos tienen ropa de Under Armour y Nike.

La escuela no tiene uniforme oficial, pero sí hay un uniforme no oficial.

Y no tengo el uniforme no oficial. No tengo una camisa de Hollister. No tengo

---

[1] nueve: gender-neutral form of «nuevo/s».
[2] tenía: (it) had.

pantalones de Aeropostale. Y no, no tengo zapatos de tenis de Nike.

Soy diferente. No me gusta ser diferente. Pero soy diferente.

Estoy en clase. Escucho a los alumnos. Ellos hablan de mí.

—Mira la camisa. No es una camisa de Hollister.

—Mira los pantalones. No son pantalones de Aeropostale.

—Mira los zapatos de tenis. No son zapatos de tenis de Nike.

No quiero estar en Newport. No quiero estar en una nueva escuela. No quiero estar aquí. Quiero ser invisible.

*****

Después de la escuela

Estoy en la entrada de la casa. No estoy

contente. No me gusta la nueva escuela. No me gustan los alumnos. No me gusta el uniforme no oficial.

Estoy en la entrada de la casa, la casa de mi abuela. No tengo mi llave. No puedo entrar. No estoy contente. Estoy descontente.

Estoy muy descontente. No quiero ser visible, pero no puedo entrar en la casa. Qué día más horrible.

Escribo un mensaje de texto a mi abuela:

Abuela favorita, no tengo mi llave. No puedo entrar en la casa.

No quiero llorar. Pero, empiezo a llorar un poco.

En ese momento, veo a dos personas. Caminan enfrente de la casa. Una me dice:

—¡Hola! Soy Sydney. Uso el pronombre «ella». Eres Jayde, ¿no? —me pregunta.

Estoy nerviose. Esta persona me conoce, pero no sé quién es.

Ella habla otra vez:

—Me llamo Sydney. Soy amiga de tu abuela. Él es mi amigo, Marley —dice ella.

—Hola. Soy Marley —dice—. Uso el pronombre «él».

Marley es alto, es joven y tiene el pelo largo y café. Tiene ojos cafés y un tatuaje[3] en el pie. Es un símbolo de la paz[4] ☮.

Sydney no es alta, pero es joven. Ella tiene el pelo rubio y ojos azules. No veo tatuajes.

—Hola, soy Jayde. Uso el pronombre «elle» —digo con una sonrisa.

—Mucho gusto, Jayde.

—¿Cómo sabes de mí? —le pregunto a

---

[3] tatuaje: tattoo.
[4] paz: peace.

Sydney.

—Tu abuela es mi amiga. Ella habla mucho de ti.

—¿Mi abuela es tu amiga? Mi abuela es vieja —le digo.

—¡Ja! Tu abuela NO es vieja. Ella es joven. Es la amiga de todos aquí. Es muy popular.

Pienso: «¿Mi abuela? ¿Amiga de todos? ¿Popular? ¿Es posible? Es muy buena, pero…¡es vieja!».

—Jayde, ¿por qué no estás en casa? — pregunta Sydney.

—No puedo entrar en la casa. No tengo la llave.

—¿Quieres ir a la tienda con nosotros? Puedo llamar a tu abuela…

Sydney llama a mi abuela.

«¿Sydney tiene el número de teléfono de

mi abuela?», pienso.

Marley dice:

—Buena idea, Sydney. Jayde, ¿te gusta la ropa?

—Sí, me gusta. Pero no me gusta MI ropa —digo.

Sydney habla con nosotros.

—OK. Tu abuela dice que puedes ir a la tienda con nosotros.

—¿Tienda? —les pregunto—. ¿Cuál tienda?

—A nuestra tienda, Folk Vintage. Es una tienda de ropa *vintage*.

—¿Ropa *vintage*? —les pregunto.

—Sí. Ropa excelente. Vamos —dice Marley.

Capítulo 2
La chaqueta

Caminamos a la tienda Folk Vintage. Es una tienda de ropa *vintage* en la calle Thames in Newport.

La ropa *vintage* es ropa que tiene más de veinte años. Es ropa de unos años particulares, como los años 70 y 80 (de 1970 y 1980).

—Aquí estamos —dice Sydney—. Es nuestra tienda.

Entro en la tienda. Es una tienda pequeña. No es una tienda grande como DICK'S SPORTING GOODS. Pero en todas las partes de la tienda hay mucha ropa:

- camisas
- suéteres
- pantalones
- vestidos
- faldas
- chalecos
- chaquetas

- zapatos
- botas
- sombreros
- bufandas
- gorras
- camisetas

Pero no es ropa común. Es ropa original. Es ropa espectacular. Es ropa fabulosa. Es ropa magnífica. Es ropa con mucho estilo. Es maravillosa.

—¡Guau, Sydney! Me gusta la tienda. Y me gusta mucho toda la ropa —digo.

—Gracias, Jayde. ¿Te gusta la ropa *vintage*? —pregunta Sydney.

—¡Sí! La ropa es espectacular... y magnífica. Es interesante y fabulosa. La ropa es original y maravillosa.

Marley va a la trastienda[5] y saca una caja.

---

[5] trastienda: back room (of a store).

—Aquí está la nueva ropa, Syd —dice Marley.

—Gracias, Marley. Vamos a separar la ropa ahora. ¿Quieres ayudar, Jayde? —pregunta Sydney.

No respondo. Me inspira la ropa. Miro por todas partes de la tienda. Veo una chaqueta que me llama la atención. Es una chaqueta blanca con botones grandes y negros. Es una chaqueta magnífica. Es muy original.

No pienso en los problemas en la escuela. Pienso en la chaqueta. Me encanta.

—¿Te gusta la chaqueta, Jayde? —pregunta Sydney.

Sydney saca la chaqueta blanca con botones negros. Me enseña la chaqueta. Tomo la chaqueta y me la pongo[6]. Es

---

[6] me la pongo: I put it on.

espectacular.

—¡Guau! Me encanta la chaqueta —digo—. Voy muy de moda[7] con esta chaqueta.

Con la chaqueta me siento feliz. No me siento descontente. Me siento diferente.

Miro el precio. El precio es… ¡Ay! Es mucho dinero. No lo tengo. No la puedo comprar. —La chaqueta está muy a la moda. Un día la voy a comprar —le digo a Sydney.

Marley me dice:

—Jayde, ¿quieres ayudar? Vamos a separar la ropa nueva. La compramos a una venta de patrimonio[8].

—Sí. Me gustaría ayudar. ¿Qué hago? — pregunto.

Por dos horas, Marley, Sydney y yo separamos la ropa de la venta de

---

[7] moda: fashion/style.
[8] venta de patrimonio: estate sale.

patrimonio. Separamos por tipo[9], por color y por talla[10]. Durante ese tiempo hablamos de la tienda, la ropa *vintage* y la moda.

Mi teléfono vibra. Tengo un mensaje de mi abuela favorita.

Soy tu abuela favorita. Estoy en casa. Vamos a comer en quince (15) minutos.

—Mi abuela está en casa. Vamos a comer en quince minutos —digo.

—Muy bien. Gracias, Jayde —dice Marley.

Sydney toma la chaqueta blanca con los botones negros y me la da[11].

—Es para ti, Jayde — dice Sydney.

—No tengo dinero —digo.

—Es un regalo —dice Sydney.

---

[9] tipo: type.
[10] talla: size.
[11] me la da: (she) gives it to me.

—No puedo aceptar —le digo.

—Es por tu trabajo hoy —dice Sydney.

—No puedo aceptarla —digo.

Sydney me mira. Me da la chaqueta y me dice:

—Jayde, es evidente. Te sientes feliz. No te sientes descontente. Toma la chaqueta. Puedes trabajar en la tienda unas horas los sábados y puedes aceptar la chaqueta por tu trabajo hoy. ¿Qué te parece?

—¡Oh! Me parece bien. Gracias, Sydney. ¡Eres fantástica!

Sydney y Marley están contentos. Yo también estoy contente.

Pienso en la chaqueta. Y pienso en la ropa que voy a ponerme mañana…

Capítulo 3
Los comentarios

Es otra semana en la nueva escuela. No estoy superfeliz de ir a la escuela, pero con mi nueva chaqueta…

—Jayde, ¿vas a desayunar?

—Sí, mi abuela favorita. Gracias.

—¿Lo usual?

—Sí, gracias.

Hoy, voy a llevar la nueva chaqueta blanca con los botones negros, unos *jeans* negros y mis botas negras. También voy a llevar una gorra negra. Me gusta mucho esta ropa.

Llego a la cocina. Mi abuela está a la mesa con el desayuno.

—¡Guau! Jayde, me gusta tu ropa hoy. ¿Y la chaqueta?…

—Es nueva.

—¿Es de la tienda de Sydney? ¿De Folk

Vintage? —pregunta mi abuela.

—Es un regalo de Sydney. Voy a trabajar con ella en la tienda. Los sábados. ¿Qué te parece?

—Me parece bien. ¿A qué hora? —pregunta mi abuela.

—No sé. ¿Por la mañana?

—Ah. Durante el tiempo que estoy en el centro comunitario.

Mi abuela favorita trabaja en el centro comunitario de Newport. Ella es voluntaria. Le gusta trabajar con las personas.

—Abuela, un día quiero ser voluntarie en el centro comunitario.

—Ya lo sé, Jayde. Cuando tengas dieciséis (16) años…

Humm. Tengo que esperar… Ahora tengo solo trece (13) años. Tengo que esperar tres

(3) años.

—Jayde, es hora de salir para la escuela. Voy al centro comunitario. ¿Quieres caminar conmigo?

—No, gracias, abuela. Voy en unos minutos.

—Está bien. Te veo después de la escuela.

—Chao, abuela favorita.

—Chao, Jayde.

Camino a la escuela. Newport es pequeña y la casa de mi abuela está cerca de la escuela.

*****

Llego a la escuela.

Estoy en clase. Escucho a un grupo de estudiantes. Hablan de mí:

—Mira la chaqueta. No es una chaqueta de

Under Armour.

—Mira los *jeans*. No son *jeans* de American Eagle.

—Mira las botas. No son botas de Aeropostale.

Luego escucho a otro grupo de estudiantes:

—La chaqueta no es de Under Armour. Pero es una chaqueta espectacular.

—Los *jeans* no son de American Eagle. Pero los *jeans* son fabulosos.

—Las botas no son de Aeropostale. Pero son botas magníficas.

—¡Qué estilo tiene!

No digo nada, pero tengo una sonrisa.

Capítulo 4
La imagen en el espejo

Es sábado. Tengo que ir a la tienda Folk Vintage a las diez. Voy a pie. La casa de mi abuela está en la calle Bull y la tienda está un poco lejos. La aplicación de Google Maps dice que tengo que caminar veinte (20) minutos.

No quiero llegar tarde. Salgo a las 9:30.

Es mayo, pero no hay mucho tráfico. Normalmente, durante mayo, junio, julio, agosto y septiembre hay mucho tráfico en Newport. Es un destino para muchos turistas.

Entro en la tienda. Hoy llevo unos *jeans* azules y una blusa amarilla con rayas[12]. No es ropa elegante. Estoy aquí para trabajar.

—Buenos días, Sydney —le digo.

—Hola, Jayde. Gracias por trabajar hoy.

—Estoy muy feliz. Me gusta mucho la

---

[12] rayas: stripes.

tienda. ¿Qué hacemos hoy? —le pregunto.

—Hacemos mucho hoy. Tenemos mucha ropa nueva de unas ventas de patrimonio y ropa usada de donaciones —me dice Sydney.

—¡Oooh! ¡Quiero mirar todo! —le digo.

Sydney y yo vamos a la trastienda. Hay mucha ropa nueva en cajas grandes. Hay:

- camisas
- suéteres
- pantalones
- vestidos
- faldas
- chalecos
- chaquetas
- zapatos
- botas
- sombreros
- bufandas
- gorras
- camisetas

Y la ropa es de todos los colores y de muchos diseños[13] diferentes. ¡Guau!

—¡Mira la ropa! —digo.

—Es increíble, ¿no? —dice Sydney—. ¿Qué hacemos primero, Jayde?

—Tenemos que separar la ropa. Eh…, en mi opinión —digo.

—¡Sí! Es importante tener un proceso. Y aquí, Jayde, habla con confianza[14] —me dice Sydney—. Tu opinión es importante.

—OK. Gracias, Sydney. Voy a separar la ropa en esta caja. ¿Te parece bien?

—Muy bien.

Por una hora, Sydney y yo separamos la ropa. Ahora tenemos en cajas diferentes los pantalones, las camisas, las chaquetas, los suéteres, y las faldas y los vestidos. En

---

[13] diseños: designs.
[14] confianza: confidence.

la caja de faldas y vestidos, veo un vestido largo y espectacular. Tomo el vestido y voy al espejo.

Pienso: «¡Qué vestido más maravilloso! Quiero llevarlo a la escuela».

—¿Te gusta ese vestido, Jayde? —pregunta Sydney.

—Sydney, es un vestido espectacular. Me encanta —le digo.

—Póntelo[15]. Voy a abrir la tienda. Ahora te veo con el vestido.

Sydney sale de la trastienda para abrir la tienda.

Me pongo el vestido y me miro en el espejo. Me siento elegante.

En ese momento, Sydney llega a la trastienda donde estoy. Ella me mira en el

---

[15] póntelo: try it on.

espejo.

—¡Oooooooh! ¡Jayde! Estás muy elegante. Tienes que llevar ese vestido.

—Er, um... no sé, Sydney. Me encanta el vestido, pero...

—¿Es cuestión de dinero? —me pregunta.

—Sí. Sí... y no...—le digo.

Pienso en el vestido. Es largo con un diseño moderno y de muchos colores. Me siento... libre; independiente; y con más confianza.

—Si es cuestión de dinero, yo te pago por tu trabajo aquí —dice Sydney.

—No es necesario, Sydney. Me gusta trabajar con la ropa —le digo.

—Es necesario, Jayde. Me ayudas mucho. Me miro en el espejo otra vez. Me gusta la imagen.

—¿Puedes pagarme con ropa? —le

pregunto—. ¿Ropa *vintage?*

—Te gusta mucho la ropa, ¿no? —Sydney me dice con una sonrisa—. Es una buena idea. Te pago con ropa cada quince días. ¿Te parece?

—Oh, ¡sí! Gracias, Sydney.
Un cliente entra en la tienda. Sydney sale de la trastienda para hablar con una persona. Antes de salir, yo le hago una pregunta:

—Sydney, ¿puedo tomar fotos de la ropa? Tengo una idea…

—¡Claro! Hablamos de tu idea luego.

Capítulo 5
Un video

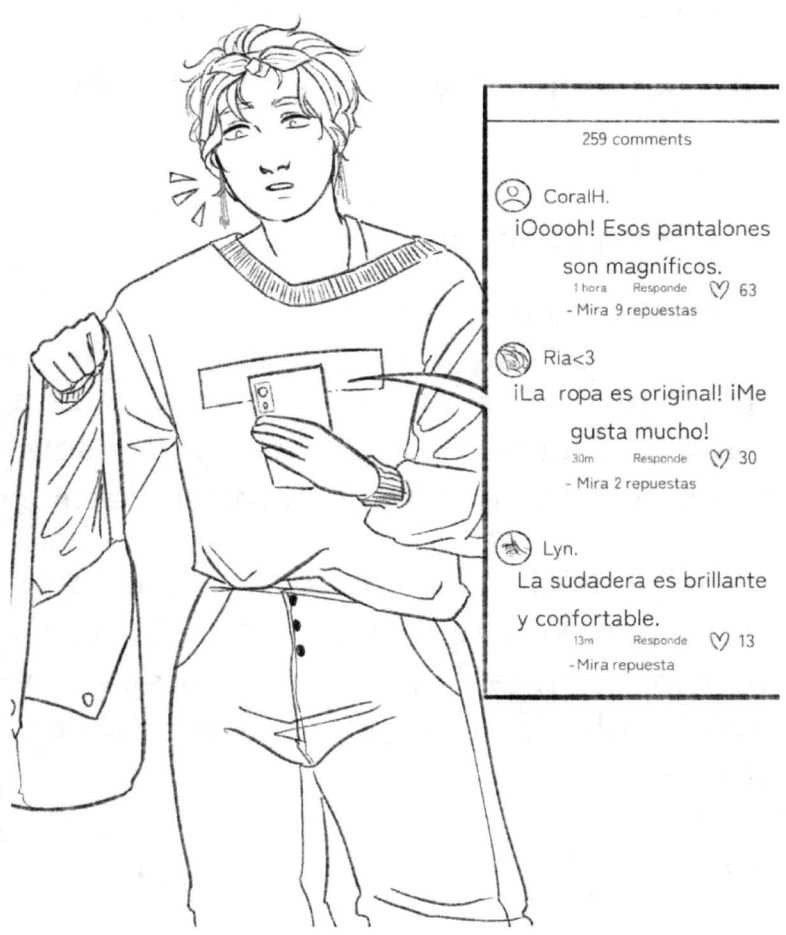

259 comments

CoralH.

¡Ooooh! Esos pantalones son magníficos.

1 hora   Responde   ♡ 63

- Mira 9 repuestas

Ria<3

¡La ropa es original! ¡Me gusta mucho!

30m   Responde   ♡ 30

- Mira 2 repuestas

Lyn.

La sudadera es brillante y confortable.

13m   Responde   ♡ 13

- Mira repuesta

—¡Chao, Jayde! Tengo que ir al centro comunitario temprano hoy. Tu desayuno está en la mesa.

—Está bien, abuela favorita. Gracias.

—No tienes que llegar tarde a la escuela.

—OK. Chao.

—Ten[16] un buen día.

—Gracias. Tú también.

Mi abuela favorita sale temprano esta mañana. Ella no está en casa. Estoy sole. Tengo un poco de tiempo para ser creative.

Tomo mi teléfono y pongo todas las fotos de la ropa en una aplicación. En unos minutos tengo un video original y espectacular de la ropa en la tienda Folk Vintage.

«¡Guau! ¡Qué video! ¡La ropa es

---

[16] ten: have.

magnífica!», pienso.

En la aplicación, pongo la música y pongo los efectos. Al final escribo:

- ¿Quieres estar de moda?
- ¡Compra en Folk Vintage!

Al final pongo unos *hashtags* y lo publico en las redes sociales[17] desde una nueva cuenta; una cuenta anónima.

¡Ah! Es tarde. Tengo que ir a la escuela.

*****

En el tiempo para llegar a la escuela, tengo muchos *likes* en mi *post*. A muchas personas les gusta la ropa *vintage*. O les gusta el video.

Entro en la escuela muy feliz. Hoy llevo unos pantalones floreados[18] con los

---

[17] redes sociales: social media.

[18] floreados: flowered.

colores rosado y amarillo, y una sudadera amarilla. También llevo un pañuelo[19] rosado y unos aretes[20] grandes de color dorado[21]. Los colores son mis colores favoritos. Los colores me hacen feliz.

Pero hay comentarios:

—Mira los pantalones. ¡Ugh! ¡Qué colores!

—Mira la sudadera. ¡Agh! ¡Qué color!

—Mira la ropa. Es ropa para el circo[22].

Pero hay otros comentarios también:

—¡Ooooh! Esos pantalones son magníficos.

—La sudadera es brillante y confortable.

—¡La ropa es original! ¡Me gusta mucho!

Antes de la primera clase, hay mucha

---

[19] pañuelo: scarf.
[20] aretes: earrings.
[21] dorado: of gold color.
[22] circo: circus.

acción en el corredor. Los alumnos hablan.

—¿Viste[23] este *post* en TikTok?

—¡Es muy original!

—¡Qué talento!

—¿Cómo se llama la cuenta?

Miro los teléfonos de los alumnos. Todos miran MI *post*.

Soy talentose. ¡Je, je!

Camino a mi primera clase. Soy talentose y estoy contente.

Capítulo 6
El vestido

Es sábado, el día que trabajo en Folk Vintage. Estoy en la trastienda y Sydney está en la tienda cuando una persona entra.

—Hola, Syd.

Es Marley.

—Hola, Marley. ¿Cómo estás?

—No, ¿cómo estás tú, Sydney? Veo muchos videos de la tienda en TikTok. ¡Es increíble!

—Marley, no tienes idea. Esos videos son fenomenales. Están ayudando mucho. Muchas más personas visitan la tienda ahora —dice Sydney.

—¿Y no sabes quién hace los videos? — pregunta Marley.

—No tengo idea. Quiero saberlo.

Sydney y Marley hablan, y yo tomo el

vestido elegante. Me lo pongo[24]. El vestido es largo y espectacular. Tiene muchos colores. Otra vez me siento libre e independiente. Tengo mucha más confianza.

En ese momento, Marley entra en la trastienda.

¡Ay! Marley me ve con el vestido.

—Hola, Jayde —me dice—. ¿Cómo estás?

—Um…, hola, Marley…

—Jayde, estás muy elegante con ese vestido —dice Marley.

Humm.

Marley no tiene más comentarios.

Y no tiene comentarios negativos.

---

[24] me lo pongo: I put it (the dress) on.

—Jayde, ven[25] a hablar con nosotros. Hablamos de ropa *vintage*.

—OK. En un minuto. Necesito cambiarme[26]... —le digo.

—Jayde, estás muy elegante. ¿Te gusta el vestido? —pregunta Marley.

—Sí, me encanta.

—¿Quieres llevar el vestido fuera[27] de la tienda? —Marley me pregunta.

—Me gustaría, pero...

—Jayde, tú puedes llevar el vestido. Es un vestido espectacular. Es un vestido excelente para ti.

—Sí, pero...

—¿Qué? —pregunta Marley.

—Sí, pero... no sé —digo.

---

[25] ven: come.
[26] necesito cambiarme: I need to change.
[27] fuera: outside.

—Está bien. Si quieres entrar en la tienda con el vestido, fantástico. Si no, no hay problema.

Marley sale de la trastienda. Habla con Sydney.

«¿Puedo llevar este vestido fuera de la tienda? No sé…».

El vestido ES elegante. ES espectacular. Y los colores son…

En ese momento, entro en la tienda con el vestido. Los comentarios de Marley y Sydney son positivos:

«Jayde, estás hermose».

«Estás superelegante con el vestido».

Tengo una sonrisa grande. Estoy superfeliz.

—Mira tu sonrisa, Jayde —me dice Sydney.

—Gracias. Estoy muy contente y feliz —le digo.

—Jayde, ¿por qué no llevas el vestido todo el día en la tienda?

—¿Es posible, Sydney? Me encantaría. Gracias.

—Muy bien. También puedes ayudar con unas fotos de la ropa. No soy muy buena para tomar fotos, pero es necesario…

Marley pregunta:

—Jayde, ¿sabes de los videos de TikTok? ¿Los videos de la tienda?

No quiero decir nada. Es un secreto.

—¿Videos?… No… —le digo.

Pienso en nuevos videos. Quiero ser creative otra vez con videos de la tienda.

Leo un póster en la tienda. Tiene las razones por las que comprar ropa *vintage* es una buena idea:

- Tener ropa distinta y diferente
- Usar menos energía y menos agua
- Comprar buena ropa a menos precio
- Comprar más ropa por menos dinero
- Y... es divertido ☺

¡Ajá! Tengo otra idea para un nuevo video.

Capítulo 7
El incidente

—Oh, guau, Jayde —me dice mi abuela—. Me gusta tu ropa hoy. Esos pantalones son fenomenales.

Hoy llevo unos pantalones de campana[28] de muchos colores y diseños, una blusa negra y mis botas negras. Me gusta mi ropa.

—Gracias, abuela. Me gusta mi ropa también.

—Tienes un buen ojo para la moda, ¿sabes?

—¡Lo sé! ¡Ja, ja! Pero gracias. Me gusta mucho la ropa y la moda.

—Voy a pasar por Leo's Market después de mi trabajo en el centro comunitario. ¿Quieres comer algo en particular?

—No. Gracias, abuela. Chao. Voy a caminar a la escuela.

---

[28] pantalones de campana: bell-bottom pants.

Camino a la escuela y pienso en la idea de un nuevo video para la tienda. Voy a necesitar la ayuda de mi amiga Riley. Hacemos el video después del almuerzo.

*****

Riley y yo comemos soles durante el almuerzo. Ella es una amiga nueva.

—Riley, ¿estás lista para hacer el video?

—Sí, Jayde. Solo quieres tu ropa en el video, ¿verdad?

—Sí. Puedes tomar el video en la aplicación. ¿Te parece bien?

—¿Qué vas a explicar en el video? — pregunta Riley.

—Voy a explicar las razones por las que comprar ropa *vintage* es una buena idea.

—Ah. ¿Cuáles son las razones?

—Las razones son: tener ropa distinta y

diferente, usar menos energía y menos agua, comprar buena ropa a menos precio, comprar más ropa por menos dinero y.... es divertido.

—Son razones muy buenas.

Riley usa mi teléfono para hacer el video. Ella hace el video cuando un grupo de estudiantes pasa por el corredor.

—Oooh, Jayde. Me gusta el *look*.

—Esos pantalones son magníficos.

—Jayde, eres original.

Estoy superfeliz.

Pero en ese momento, otro grupo de estudiantes pasa por el corredor.

—Esa ropa es mala.

—Son pantalones horribles.

—Esa ropa no está de moda.

Uno de los estudiantes toma mi blusa con mucha fuerza[29]. La blusa se rasga[30].

—¡Jayde! ¿Estás bien? —pregunta Riley.

El grupo de estudiantes corre por el corredor.

Riley pone el teléfono en su bolsillo y me ayuda con mi blusa.

No estoy contente. Estoy enojade.

—¿Físicamente? Sí, estoy bien. ¿Emocionalmente? No... —le digo a mi amiga.

—Vamos a hablar con la consejera[31] —dice Riley.

—Buena idea. Riley, ¿tienes el video?

Riley saca el teléfono de su bolsillo.

---

[29] fuerza: force.
[30] la blusa se rasga: the blouse rips.
[31] consejera: counselor.

—¡Ay, no! El video se publicó[32].

Ugh. No es un buen día.

Riley me dice:

—No te preocupes[33], Jayde. Puedes editar el video.

Riley y yo caminamos a la oficina de la consejera.

* * * * *

La consejera llama a mi abuela por teléfono. Ella llega a la escuela para hablar con la consejera, con Riley y conmigo. Mi abuela favorita no está contenta.

—Gracias por llamarme.

—De nada, Sra. Salvador. Jayde puede pasar por mi oficina siempre ¿Jayde?

---

[32] el video se publicó: the video published/posted (itself).
[33] no te preocupes: don't worry.

—Sí. Gracias.

—Y Jayde…

—¿Sí?

—Esos pantalones son espectaculares. Tienes buen estilo —me dice la consejera con una sonrisa.

—Gracias. A mí me encantan también.

Mi abuela y yo salimos de la escuela.

—¿Quieres comer, Jayde? —mi abuela me pregunta.

—Sí. ¿Podemos comprar empanadas de Leo's Market?

—Claro. Vamos.

Capítulo 8
La solución

Es sábado. Tengo que trabajar hoy en la tienda. Estoy contente por el trabajo, pero no estoy contente por el incidente en la escuela.

—Buenos días, Sydney.

—Hola, Jayde. ¿Cómo estás hoy?

—No estoy muy bien. Tengo problemas en la escuela.

—Ah. ¿Sí? ¿Son problemas académicos... o...?

—Son problemas sociales; problemas con otras personas.

Sydney no dice nada. Ella me escucha.

—Hay unos alumnos que son malos conmigo. No les gusta mi ropa.

Sydney no responde. Me escucha.

—Sí, soy diferente. Soy diferente de los otros alumnos...

Ahora Sydney responde:

—Jayde, es difícil ser adolescente. Es cuando las personas empiezan a determinar quiénes son. Y tú eres muy fuerte[34] por tener un estilo diferente.

—Gracias, Sydney. Tienes razón: es difícil ser adolescente. Sí, soy diferente. Pero me gusta expresarme por mi ropa.

—¡Sí! ¡Y tienes un estilo magnífico!

—Me encanta la ropa. Y me encanta la ropa *vintage*. Me gusta ser original.

—Es evidente, Jayde. Tienes confianza en ti cuando llevas la ropa que te gusta.

—¿Tengo confianza? ¿La tengo?

—Sí, la tienes. Es la misma confianza que tienes por ser original.

—Gracias, Sydney. Eres buena persona.

---

[34] fuerte: strong.

¿Qué hacemos hoy?

Sydney me dice qué hacemos. En el mismo momento, Riley entra en la tienda.

—¡Jayde!

—Hola, Riley. ¿Qué haces aquí? Riley, te presento a Sydney.

—Hola, Riley. Jayde habla mucho de ti.

—Mucho gusto, Sydney. Disculpa la interrupción.

—No hay problema, Riley. Tiene que ser importante…

—Sí, sí. Es importante. Jayde, ¿editaste[35] el video?

—¡Uf, no! ¿Hay otro problema?

—No. ¡Hay una solución!

Riley explica que muchas personas miran

---

[35] ¿editaste?: did you edit?

el video y escriben comentarios.

—Uf, ¡no! ¿Comentarios negativos?

—¡No, comentarios positivos! Los alumnos malos están en el video y ahora ellos tienen problemas en la escuela. ¡Ja, ja!

Riley me enseña su teléfono. Miro los buenos comentarios.

Ahora Sydney dice:

—¡Guau, Jayde! ¿Eres tú quien hace esos vídeos?

—Sí, soy yo. Disculpa…

—¿Disculpa? No hay problema. Tienes buen ojo para los videos. Y eres muy talentose.

—Jayde es fenomenal con los videos —Riley dice.

—Es evidente —dice Sydney—. Te pago por hacer los videos.

—No tienes que pagarme. Es divertido para mí.

Ahora Sydney está muy feliz. Ella dice:
—Tengo una idea, Jayde. ¿Puedes ayudarnos, Riley?

—Sí, me encantaría —dice Riley.

Por unas horas Riley y yo hacemos muchos videos de la ropa en la tienda. ¡Qué divertido!

Capítulo 9
La confianza

Por unos días, Riley y yo trabajamos en muchos videos. Yo hago muchos *posts* cada día en TikTok.

En los videos, yo escribo mensajes como estos:

- ¿Quieres ropa original?
- ¿Visitas Newport en julio?
- ¡Ven a visitarnos en el Newport Folk Festival!

Folk Vintage va a estar en el Newport Folk Festival. Sydney, Marley, Riley y yo trabajamos mucho. Preparamos todo para el evento.

Solo hay una semana más de escuela.

Pero hoy es un día extraespecial.

Entro en la cocina antes de salir para la escuela.

—Jayde, ¡oh!

Miro a mi abuela, pero no digo nada.

—Jayde, ¡oh! —dice mi abuela otra vez—. ¡Guau!

Pienso: «confianza». Tengo confianza en mí. Voy a llegar a la escuela con confianza.

—Jayde, estás hermose. El vestido es elegante, maravilloso y espectacular. Y tú… eres magnífique.

—Gracias, mi abuela favorita. Me encanta. El vestido es fabuloso. Me siento muy bien. Me encanta expresarme por la ropa.

—Ahora, toma tu desayuno antes de la escuela —me dice mi abuela.

Estoy en la mesa tomando mi desayuno y mirando las redes sociales. Veo muchos comentarios excelentes de mis videos:

- ¡Esos videos son fantásticos!
- Me encanta la ropa *vintage*.

- Ahora yo compro mi ropa en las tiendas de ropa *vintage*.

Y mi favorito:

- Le modele en los videos es une modele natural y hermose.

En ese momento, tengo un mensaje de texto de Sydney:

Jayde, ¿puedes pasar por la tienda esta tarde? Un señor de la tienda Megapaca quiere hablar contigo[36]. Le gustan tus videos. 😳

Respondo:

¿Qué es Megapaca?

---

[36] contigo: with you.

Sydney escribe:

Megapaca es una compañía internacional de Guatemala. Es una compañía grande de ropa usada.

Respondo:

🫨 **Guau. ¿Por qué quiere hablar conmigo[37]?**

Sydney me escribe otra vez:

El señor dice que le gustan tus videos.

Escribo:

¡Increíble!

Con esta información y la confianza en mí, camino a la escuela con mi maravilloso vestido.

---

[37] conmigo: with me.

Capítulo 10
¿La fama?

Es el fin de semana del Newport Folk Festival.

Es un festival de música de tres días en Fort Adams State Park.

—Jayde, ¿puedes poner las camisas en la mesa?

—Claro. Sydney, ¿cuántas personas vienen al festival este fin de semana? —le pregunto.

—Buena pregunta, Jayde. No sé.

Marley dice:

—Hay un máximo de 10 000 personas cada día.

—¡Qué bien! Vamos a tener mucho trabajo —digo.

—¡Espero que sí! —dice Sydney.

—Jayde, ¿cuál artista quieres ver este fin de semana? —pregunta Sydney.

—¡Sí! Jon Batiste. Toca mañana por la tarde. Quiero verlo si es posible.

—¿Te gusta su música? —pregunta Marley.

—Sí, pero me encanta su ropa. ¡Ja, ja!

—¿Conoces la canción «Be Who You Are»? —pregunta Sydney.

No tengo tiempo para responder. Hay un grupo de adolescentes que corren a donde estoy. Tienen mucha energía.

—¡Es elle!

—¡Es le modele famose de Ropa Vintage!

—¡Quiero un *selfie* con elle!

Estoy un poco nerviose. ¿Qué hago?

Sydney y Marley me miran con unas grandes sonrisas.

—Jayde, ¿estás liste? Eres famose. Tus *fans* te quieren.

El grupo de adolescentes está muy feliz. El grupo piensa que soy famose.

No soy famose.

Soy yo.

GLOSARIO

Las traducciones en este glosario son específicas del contexto en el que se usan en este libro.[38]

A

a – to, at
abrir – to open
abuela – grandmother
académicos – academic
acción – action
aceptar – to accept
aceptarla – to accept it
adolescente(s) – adolescent(s)
agosto – August
agua – water
ahora – now
ajá – aha
al – to/at the
algo – something
almuerzo – lunch
alta/o – tall
alumne/os – students
amarilla/o – yellow
amiga/o – friend
años – years
antes – before
anónima – anonymous

aplicación – application
aquí – here
aretes – earrings
artista – artist
atención – attention
ay – oh
ayuda – help, she helps
ayudando – helping
ayudar – to help
ayudarnos – to help us
ayudas – you help
azules – blue

B

bien – well
blanca – white
blusa – blouse
bolsillo – pocket
botas – boots
botones – buttons
brillante – bright
buen/a/o(s) – good
bufandas – scarves

---

[38] The translations in this glossary are specific to the context in which they are used in this book.

C

cada – each
café(s) – brown
caja(s) – box(es)
calle – street
cambiarme – to change (clothes)
caminamos – we walk
caminan – they walk
caminar – to walk
camino – I walk
camisa(s) – shirt(s)
camisetas – t-shirts
campana – bell
canción – song
casa – house
centro comunitario – community center
cerca – near
chalecos – vest
chao – bye
chaqueta(s) – jacket(s)
circo – circus
claro – of course
clase – class
cliente – client
cocina – kitchen
color(es) – color(s)
comemos – we eat
comentarios – comments
comer – to eat
como – like, as
cómo – how

compañía – company
compra – buy
compramos – we buy
comprar – to buy
compro – I buy
común – common
con – with
confianza – confidence
confortable – comfortable
conmigo – with me
conoce – s/he knows; they (sing.) know
conoces – you know
consejera – counselor
contenta/e/o(s) – content
contigo – with you
corre – (it) runs
corredor – hallway, corridor
corren – they run
creative – creative
cuál(es) – which
cuántas – how many
cuando – when
cuenta – account
cuestión – question

D

da – s/he gives
de – of, from
decir – to say, tell
del – of/from the

desayunar - to eat breakfast
desayuno - breakfast
descontente - discontent, unhappy
desde - from
después - after
destino - destination
determinar - to determine
día(s) - day(s)
dice - s/he, it says
dieciséis - sixteen
diez - ten
diferente(s) - different
difícil - difficult
digo - I say
dinero - money
disculpa - excuse (me)
diseño(s) - design(s)
distinta - distinct
divertido - fun
donaciones - donations
donde - where
dorado - gold (color)
dos - two
durante - during

E
e - and
editar - to edit
editaste - did you edit
efectos - effects

el - the
él - he
elegante - elegant
ella - she
elle - they (singular)
ellos - they
emocionalmente - emotionally
empanadas - empanadas
empiezan - they start
empiezo - I start
en - in, on
encanta - it is very pleasing to
encantan - they are very pleasing to
encantaría - it would be very pleasing to
energía - energy
enfrente - in front of
enojade - angry
enseña - s/he shows
entra - s/he enters
entrada - entrance
entrar - to enter
entro – I enter
eres - you are
es – s/he, it is; they (singular) are
esa/e - that
escribe - s/he writes
escriben - they write
escribo - I write

escucha – s/he listens to

escucho – I listen to

escuela – school

esos – those

espectacular(es) – spectacular

espejo – mirror

esperar – to wait

espero – I hope

esta/e – this

está – s/he, it is

estamos – we are

están – they are

estar – to be

estás – you are

estilo – style

estos – these

estoy – I am

estudiantes – students

evento – event

evidente – evident

excelente(s) – excellent

explica – s/he explains

explicar – to explain

expresarme – to express myself

extraespecial – extra special

F

fabulosa/o(s) – fabulous

faldas – skirts

famose – famous

fans – fans

fantástica/o(s) – fantastic

favorita/o(s) – favorite

feliz – happy

fenomenal(es) – phenomenal

festival – festival

fin – end

(al) final – at the end

físicamente – physically

floreados – floral

fotos – photos

fuera – outside

fuerte – strong

fuerza – strength

G

gorra(s) – (baseball) cap

gracias – thank you

grande(s) – big

grupo – group

Guatemala – country in Central America

guau – wow

gusta – it is pleasing to

gustan – they are pleasing to

(me) gustaría – I would like

(mucho) gusto - nice to meet you

H
habla - s/he speaks
hablamos - we speak
hablan - they speak
hablar - to speak
hace - s/he, it makes, does
hacemos - we make, do
hacen - they make, do
hacer - to make, do
haces - you make, do
hago - I make, do
hashtags - hashtags
hay - there is, are
hermose - beautiful
hola - hello
hora(s) - hour(s)
horrible(s) - horrible
hoy - today
humm - hmm

I
idea - idea
ideal - ideal
imagen - image
importante - important
incidente - incident
increíble - incredible
independiente - independent

información - information
inspira - it inspires
interesante - interesting
internacional - international
interrupción - interruption
invisible - invisible
ir - to go

J
ja, ja - ha, ha
je, je - heh, heh
jeans - jeans
joven - young
julio - July
junio - June

L
la(s) - the
largo - long
le - to/for her, him
lejos - far
leo - I read
les - to/for them
libre - free
lista/e - ready
llama - s/he, it calls
llama la atención - (it) calls to attention
(se) llama - it calls (itself)

llamar - to call
llamarme - to call me
(me) llamo - I call (myself)
llave - key
llega - s/he arrives
llegar - to arrive
llego - I arrive
llevar - to wear
llevarlo - to wear it
llevas - you wear
llevo - I wear
llorar - to cry
lo - it
look - look
los - the, them
luego - later

M
magnífica/o(s) - magnificent
magnifique - magnificent
mala/o(s) - bad
maravillosa/o(s) - marvelous
más - more
máximo - maximum
mayo - May
mañana - morning, tomorrow
me - me, to/for me
Megapaca - international retailer of used clothes founded in Guatemala
menos - less
mensaje(s) - message(s)
mesa - table
mi(s) - my
mí - me
minuto(s) – minute(s)
mira - s/he looks at, look
miran - they look at
mirando - looking at
mirar - to look at
miro - I look at
misma/o(s) - same
moda - style, fashion
modele - model
moderno - modern
momento - moment
mucha/o(s) - much, many
música - music
muy - very

N
nada - nothing
natural - natural
necesario - necessary
necesitar - to need
necesito - I need
negativos - negative
negra/o(s) - black

nerviose - nervous
Newport - city in
    Rhode Island
no - no
normalmente -
    normally
nosotros - we
nuestra - our
nueva/e/o(s) - new
número - number

O

o - or
oficial - official
oficina - office
ojo(s) - eye(s)
opinión - opinión
original - original
otra/o(s) - other

P

pagarme - to pay me
pago - I pay
pantalones - pants
para - for
(me) parece - (it)
    seems to me
(te) parece - you
    agree
partes - parts
particular(es) -
    particular
pasa - (it) passes
pasar - to pass

(venta de) patrimonio -
    estate sale
paz - peace
pañuelo - scarf
pelo - hair
pequeña - small
pero - but
persona(s) - person(s)
personal - personal
(a) pie - (on)foot
piensa - it thinks
pienso - I think
poco - little, few
podemos - we are able
pone - s/he puts
poner - to put
ponerme - to put on
pongo - I put
póntelo - put it on
popular - popular
por - for
posible - possible
positivos - positive
post(s) - post(s)
póster - poster
precio - price
pregunta - question;
    s/he asks
pregunto - I ask
(no te) preocupes -
    don't worry
preparamos - we
    prepare
presento - I present
primer/a/o - first

problema(s) – problem(s)
proceso – process
pronombre – pronoun
publico – I publish
(se) publicó – (it) published/posted (itself)
puede – s/he, it is able
puedes – you are able
puedo – I am able

Q

que – that
qué – what
quién(es) – who
quiere – s/he wants
quieren – they want
quieres – you want
quiero – I want
quince – fifteen

R

(se) rasga – it rips
rayas – stripes
(tener) razón – to be right
razones – reasons
redes sociales –social media
regalo – present
responde – s/he responds
responder – to respond

respondo – I respond
ropa – clothes
rosado – pink
rubio – blond

S

sábado(s) – Saturday(s)
saberlo – to know it
sabes – you know
saca – s/he takes out
sale – s/he leaves
salgo – I leave
salimos – we leave
salir – to leave
se – her/himself, itself
sé – I know
secreto – secret
selfie – selfie
semana – week
separamos – we separate
separar – to separate
septiembre – September
ser – to be
señor – sir, mister
si – if
sí – yes
símbolo – symbol
(te) sientes – you feel
(me) siento – I feel
sole(s) – alone
solo – only

solución - solution
sombreros - hats
son - they are
sonrisa(s) - smile(s)
soy -I am
Sra. - abbreviation for
«señora»
su - his, her, their
(singular & plural)
sudadera - sweatshirt
suéteres - sweater
superelegante - super
elegant
superfeliz - super
happy

T
talento - talent
talentose - talented
talla - size
también - also
tarde - afternoon, late
tatuaje(s) - tattoos
te - you, to/for you
teléfono(s) - phone(s)
temprano - early
ten - have
tenemos - we have
tener - to have
tengas - you have
tengo - I have
(zapatos de) tenis -
sneakers
tenía - it had

texto - text
ti - you
tiempo - time
tienda(s) - store(s)
tiene - s/he, it has
tienen - they have
tienes - you have
tipo - type
toca - he plays
toda/o(s) - all
toma - s/he, it takes
tomando - taking
tomar - to take
tomo - I take
trabaja - s/he, it works
trabajamos - we work
trabajar - to work
trabajo - I work, work
tráfico - traffic
trastienda - back room
(of a store)
trece - thirteen
tres - three
tu(s) - your
tú - you
turistas - tourists

U
uf - ah
ugh - ugh
um - um
un/a/e - a, an
unas/os - some
uniforme - uniform

uno - one
usa - s/he, it uses
usada - used
usar - to use
uso - I use
usual - usual

V
va - s/he, it goes
vamos - we go
vas - you go
ve - s/he sees
veinte - twenty
ven - come
venta(s) (de patrimonio) - estate sale(s)
veo - I see
ver - to see
verdad - true
verlo - to see it
vestido(s) - dress(es)
vez - time, instance
vibra - it vibrates
video(s) – video(s)
vieja - old
vienen - they come
vintage - vintage, related to the past
visible - visible
visitan - they visit
visitarnos - to visit us
visitas - do you visit
viste - did you see

voluntaria/e - volunteer
voy - I go

Y
y - and
ya - already
yo - I

Z
zapatos de tenis - sneakers

ABOUT THE AUTHOR

Jennifer Degenhardt taught high school Spanish for over 20 years and now teaches at the college level. At the time she realized her own high school students, many of whom had learning challenges, acquired language best through stories, so she began to write ones that she thought would appeal to them. She has been writing ever since.

Other titles by Jen Degenhardt:

La chica nueva | *La Nouvelle Fille* | <u>The New Girl</u> |
Das Neue Mädchen | *La nuova ragazza*
La chica nueva (the ancillary/workbook
La invitación
volume, Kindle book, audiobook)
Salida 8 | *Sortie no. 8* | Exit 8
Raíces
La invitación

Chuchotenango | La terre des chiens errants | La vita dei cani

Pesas | Poids et haltères | <u>Weights and Dumbbells</u> | Pesi

Moda personal

LUIS, un soñador | Le rêve de Luis | <u>Luis, the DREAMer</u>

El jersey | <u>The Jersey</u> | Le Maillot

La mochila | <u>The Backpack</u> | Le sac à dos

Moviendo montañas | Déplacer les montagnes | <u>Moving Mountains</u> | Spostando montagne

La vida es complicada | La vie est compliquée | <u>Life is Complicated</u>

La vida es complicada Practice & Questions (workbook)

El Mundial | La Coupe du Monde | <u>The World Cup</u> | Die Weltmeisterschaft in Katar 2022

Quince | <u>Fifteen</u> | Douze ans

Quince Practice & Questions (workbook)

El viaje difícil | Un voyage difficile | <u>A Difficult Journey</u>

La niñera | <u>The Nanny</u>

¡¿Fútbol...americano?! | Football...américain ?! | <u>Soccer->Football??!!</u>

Era una chica nueva

Levantando pesas: un cuento en el pasado

Se movieron las montañas

Fue un viaje difícil

¿Qué pasó con el jersey?

<u>The Meaning You Gave Me</u>

Cuando se perdió la mochila

Con (un poco de) ayuda de mis amigos | <u>With (a little) Help from My Friends</u> | Un petit coup de main amical | Con (un po') d'aiuto dai miei amici

La última prueba | <u>The Last Test</u>

Los tres amigos | Three Friends | *Drei Freunde* |
Les trois amis
La evolución musical
María María: un cuento de un huracán | María
María: A Story of a Storm | *Maria Maria: un histoire d'un orage*
Debido a la tormenta / Because of the Storm
La lucha de la vida / The Fight of His Life
Secretos / *Secrets (French)* / Secrets Undisclosed
(English)
Como vuela la pelota
Cambios | *Changements* / Changes
De la oscuridad a la luz / From Darkness into
Light | *Dal buio alla luce* | *De la obscurité à la lumière* | *Aus der Dunkelheit ins Licht*
El pueblo | The Town | *Le village*

 @JenniferDegenh1

 @jendegenhardt9

@PuentesLanguage &
World LanguageTeaching Stories (group)

Visit www.puenteslanguage.com to sign up to
receive information on new releases and other
events.

Check out all titles as ebooks with audio on
www.digilangua.co.

81

ABOUT THE COVER & INTERIOR ARTIST

Denise Miranda is a 16-year-old student as of 2024 of Ichabod Crane District. Ever since she was born, she knew that she would pursue the arts. Her art mediums include pencil, watercolor, and mainly, her iPad Pro. Along with art, she also dabbles in some writing as her dream is to someday become a writer and illustrator for young adult and adult novels. The majority of her art contains people but has been recently practicing backgrounds and occasionally enjoys experimenting in fashion design. Pseudonym is Dens M. or Dens as a short version of her original name.

You can find more of her art on:

Twitter: @densm_art
Tumblr: @mydenstomyani
Insta: @denstomyani